LES JOYEUSES HISTOIRES DE NOS PÈRES

II

s Y
6744

LES JOYEUSES

HISTOIRES

DE NOS PÈRES

II

CORBEIL. — IMPRIMERIE B. RENAUDET.

LE TROU DU DIABLE.

LES JOYEUSES HISTOIRES

DE NOS PÈRES

DÉPÔT LÉGAL
Seine-et-Oise
N° 183
1884

Mieux est de ris que de larmes écrire,
Parce que rire est le propre de l'homme.

RABELAIS.

II

LE PROCUREUR ET SON CLERC
AMOUR ET BASTONNADE. — LES ŒUFS CASSÉS
LE TROU DU DIABLE, ETC.

PARIS

CHEZ TOUS LES LIBRAIRES

M.DCCC.LXXXIV

Droits réservés

I

LE PROCUREUR ET SON CLERC

UN procureur en parlement était demeuré veuf, n'ayant pas encore passé quarante ans, et avait toujours été assez bon compagnon : dont il lui tenait toujours, tellement qu'il ne se pouvait passer de féminin genre, et lui fâchait d'avoir perdu sa femme si tôt, laquelle était encore de bonne emplette. Toutefois et nonobstant, il prenait patience, et trouvait façon de se pourvoir le mieux qu'il pouvait, faisant œuvre de charité ; c'est à savoir :

aimant la femme de son voisin comme la
sienne propre, tantôt revisitant les procès de
quelques femmes veuves et autres qui ve-
naient chez lui pour le solliciter. Bref, il en
prenait là où il en trouvait et frappait sous
lui comme un casseur d'acier. Mais quand il
eut fait ce train par un espace de temps, il le
trouva un peu fâcheux : car il ne pouvait
bonnement prendre la peine de guetter ses
commodités, comme font les jeunes gens ;
il ne pouvait pas entrer chez ses voisins sans
suspicion, vu qu'il ne l'avait pas accoutumé.
Davantage, il lui coûtait de fournir à l'appoin-
tement. C'est pourquoi, il se délibéra d'en
trouver une pour son ordinaire. Et lui souvint
qu'à Arcueil, où il avait quelques vignes, il
avait vu une jeune garce de l'âge de seize à
dix-sept ans, nommée Gillette, qui était fille
d'une pauvre femme gagnant sa vie à filer de
la laine. Mais cette garce était encore toute
simple et niaise, combien qu'elle fût assez
belle de visage. Aussi le procureur pensa-t-il
que ce serait bien son cas, ayant ouï autrefois

un proverbe qui dit : *Sage ami et sotte amie.*
Car, d'une amie trop fine, vous n'en avez
jamais bon compte ; elle vous joue toujours
quelque tour de son métier ; elle vous tire à
tous les coups quelque argent de dessous
l'aile ; ou elle veut être trop brave, ou elle
vous fait porter les cornes, ou tout ensemble.

Pour faire court, mon procureur, par un
beau temps de vendange, alla à Arcueil, et
demanda cette jeune garce à sa mère pour
chambrière, lui disant qu'il n'en avait point
et qu'il ne s'en saurait passer ; qu'il la trai-
terait bien, qu'il la marierait quand il viendrait
à temps. La vieille, qui entendit bien ce que
voulaient dire ces paroles, n'en fit pas pourtant grand semblant, et lui accorda aisément
de lui bailler sa fille, contrainte par pauvreté,
lui promettant de la lui envoyer le dimanche
prochain : ce qu'elle fit. Quand la jeune garce
fut à la ville, elle fut tout ébahie de voir tant
de gens, parce qu'elle n'avait encore vu que
des vaches. Et, pour ce, le procureur ne lui
parlait encore de rien, mais allait toujours

chercher ses aventures en la laissant un peu
assurer. Et puis il lui voulait faire faire des
accoutrements, afin qu'elle eût meilleur cou-
rage de bien faire. Or, il avait un clerc en sa
maison, qui n'avait point toutes ces considé-
rations-là, car, au bout de deux ou trois jours,
étant allé dîner en ville, quand il eut avisé
cette garce ainsi neuve, il commence à se
faire avec elle, lui demandant d'où elle était
et lequel il faisait meilleur aux champs ou à
la ville.

— Ma mie, dit-il, ne vous souciez de rien ;
vous ne pouviez pas mieux arriver que céans,
car vous n'aurez pas grand'peine ; le maître
est bon homme : il fait bon avec lui. Or çà,
ma mie, ne vous a-t-il point encore dit pourquoi il vous a prise?

— Nenni, dit-elle ; mais ma mère m'a bien
dit que je le servisse bien et que je retinsse
bien ce qu'on me dirait, et que je n'y perdrais
rien.

— Ma mie, dit le clerc, votre mère vous a
bien dit vrai. Et, parce qu'elle savait bien

que le clerc vous dirait tout ce que vous
auriez à faire, ne vous en a point parlé plus
avant. Ma mie, quand une jeune fille vient à
la ville chez un procureur, elle se doit laisser
faire au clerc tout ce qu'il voudra ; mais aussi
le clerc est tenu de lui enseigner les coutumes
de la ville et les inclinations de son maître,
afin qu'elle sache la manière de le servir ;
autrement, les pauvres filles n'apprendraient
jamais rien, ni leur maître ne leur ferait jamais
bonne chère et les renverrait au village.

Et le clerc le disait de tel escient, que la
pauvre garce n'eût osé faillir à le croire,
quand elle oyait parler d'apprendre à bien
servir son maître. Et répondit au clerc d'une
parole demi rompue et d'une contenance toute
niaise : « J'en serais bien tenue à vous, » disait-elle. Le clerc, voyant à la mine de cette
garce que son cas ne se portait pas mal, vous
commence à jouer avec elle ; il la manie,
il la baise. Elle disait bien : « Oh ! ma
mère ne me l'a pas dit. » Mais cependant,
mon clerc la vous embrasse, et elle se laissait

faire, tant elle était folle, pensant que ce fût
la coutume et usage de la ville. Il la vous
renverse toute vive sur un bahut. Le diable
y ait part, qu'il était aise ! Et depuis conti-
nuèrent leurs affaires ensemble à toutes les
heures que le clerc trouvait sa commodité. Et
cependant que le procureur attendait que sa
garce fût déniaisée, son clerc prenait cette
charge sans procuration.

Au bout de quelques jours, le procureur ayant fait accoutrer la jeune fille, laquelle se faisait tous les jours en meilleur
point, tant à cause du bon traitement que
parce que les belles plumes font les beaux oi-
seaux, qu'aussi à raison qu'elle faisait fourbir
son bas, eut envie d'essayer si elle se voudrait
ranger au montoir, et envoya, par un matin,
son clerc en ville porter quelque sac, lequel
d'aventure venait d'avec Gillette se dérober
un coup en passant. Quand le clerc fut dehors,
le procureur se mit à folâtrer avec elle, lui
mettre la main au tétin, puis sous la cotte.
Elle lui riait bien, car elle avait déjà appris

qu'il n'y avait pas de quoi pleurer ; mais
pourtant elle craignait toujours avec une
honte villageoise qui lui tenait encore, principalement devant son maître. Le procureur
la serre contre le lit, et parce qu'il s'apprêtait
de faire en la propre sorte que le clerc quand
il l'embrassait, la pressant de fort près, la
garce (hé ! qu'elle était sotte !) lui va dire :

— Oh ! Monsieur, je vous remercie ; nous
en venons tout à l'instant, le clerc et moi.

Le procureur, qui avait la brayette bandée,
ne laissa pas à donner dedans le noir ; mais
il fut bien penaud, sachant que son clerc
avait commencé de si bonne heure à la lui
déniaiser. Pensez que le clerc eut son congé,
pour le moins.

BONAVENTURE DESPÉRIERS.

II

AMOUR ET BASTONNADE

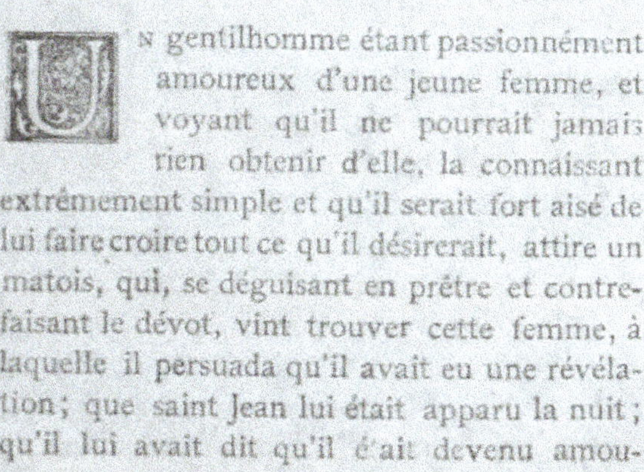

Un gentilhomme étant passionnément amoureux d'une jeune femme, et voyant qu'il ne pourrait jamais rien obtenir d'elle, la connaissant extrêmement simple et qu'il serait fort aisé de lui faire croire tout ce qu'il désirerait, attire un matois, qui, se déguisant en prêtre et contrefaisant le dévot, vint trouver cette femme, à laquelle il persuada qu'il avait eu une révélation; que saint Jean lui était apparu la nuit; qu'il lui avait dit qu'il était devenu amou-

reux d'elle, et qu'il avait charge de lui dire
qu'elle se préparât pour le recevoir la nuit;
qu'enfin il voulait venir coucher avec elle, lui
représentant qu'elle se devait tenir très heu-
reuse, puisque de cet accouplement devait
sans doute naître un grand personnage, ou-
tre l'assistance qu'elle recevrait toujours en
toutes nécessités d'un si grand saint.

Elle fut si contente de cette nouvelle que,
sitôt cet homme parti, elle en conféra avec
sa fille de chambre, qui, étant aussi sotte
qu'elle, y ajouta foi comme à l'Évangile. Elles
ajustèrent donc la chambre le plus propre-
ment qu'elles purent, et elle se para le mieux
qu'il lui fut possible.

Son mari, qui était plus déniaisé qu'elle,
arrivant pour souper, trouvant sa femme ex-
traordinairement parée, et son lit et sa chambre en un autre état qu'il avait accoutumé de
le voir, en demande la cause à sa femme qui,
élevant les yeux au ciel, dit « qu'ils se de-
vaient tenir pour les plus heureux du monde,
puisqu'un grand Saint, comme saint Jean, la

voulait honorer de sa compagnie et tenait à gloire d'avoir les restes de son mari.

Cet homme, entendant cet impertinent discours, vit bien que l'on avait dessein d'abuser de la simplicité de sa femme. Comme il l'avait connue sage et vertueuse, mais extrêmement sotte et de facile croyance, il n'eut aucun ombrage, mais il tâcha, par belles paroles, de lui faire entendre que l'on se voulait moquer d'elle ; mais elle, qui croyait fermement la chose être vraie, se mit à pleurer et à se tourmenter, lui disant que ce n'était pas la première fois qu'il se voulait opposer à sa félicité. Le mari, voyant que par raisons il ne la pouvait vaincre, et d'ailleurs étant curieux de savoir quel était le galant qui lui voulait jouer ce tour et de le châtier comme il le méritait, feignit de condescendre à la volonté de sa femme. Pour lui donner lieu de recevoir un si grand saint, il lui dit qu'il voulait lui laisser la maison libre et aller coucher chez un de ses amis.

La femme en fut fort réjouie. Il la laissa,

et elle, en bonne dévotion, se mit à attendre
son nouvel amant, qui ne manqua point de
venir sur les onze heures de nuit, comme il
lui avait mandé, en habit à peu près comme
on a coutume de peindre saint Jean. Il frappe
à la porte, que l'on ouvre incontinent, et par
la femme et par la servante, il fut reçu selon
le mérite du personnage qu'il voulait repré-
senter. Le mari cependant, qui avait fait
savoir son dessein à un de ses amis, était
aux aguets ; il s'était habillé comme on a
coutume de vêtir saint Pierre, avec une per-
ruque grise, une fausse barbe, et deux grandes
clefs à la main, et il était assisté de son ami
(avec chacun un bon bâton sous leurs robes)
et deux jeunes enfants habillés avec des aubes
et des ailes, comme les anges, qui tenaient
chacun un grand chandelier avec un cierge
allumé. Il avait envoyé un homme prendre
garde quand saint Jean serait arrivé.

Aussitôt qu'il fut averti, il vint, avec son
ami et ces deux anges feints, en l'équipage
que je vous ai représenté, à la porte de sa

maison ; et, avec un passe-partout qu'il avait,
ayant ouvert la porte, vit saint Jean sur le
point d'entrer aux prises avec sa femme.
Alors, il s'écria :

— Qui est le téméraire qui vient effronté-
ment souiller la couche destinée au chef des
apôtres?

Cette femme surprise dit que c'était saint
Jean.

— Il a menti, répondit le mari, l'impos-
teur qu'il est ! Je suis saint Pierre. Voilà les
clefs du paradis que j'ai sur moi ; personne ne
lui peut avoir ouvert la porte. Mais c'est moi
(dit-il à sa femme) qui vous ai fait avertir que
je voulais venir coucher avec vous, épris de
votre beauté, et ce traître ici a voulu venir
occuper ma place. Mais je vous ferai voir
qu'il se faut bien garder de s'adresser à une
personne comme moi, qui puis lier et délier
au ciel comme en la terre.

Là, il tire son bâton, et son ami le sien, et
tous deux se jetèrent sur monsieur saint Jean
qu'ils bâtonnèrent à plaisir. Mais lui, voyant

sa fourberie découverte, se sauva le plus promptement qu'il lui fut possible. Le mari revint ensuite trouver sa femme, qui le prit aussi facilement pour saint Pierre qu'elle avait pris l'autre pour saint Jean. Elle se mit à genoux devant lui et lui demanda pardon : il renvoya son ami et les anges, et en qualité de saint Pierre coucha avec sa femme, qui ne le trouva pas meilleur ouvrier que son mari.

Elle demeura en cette croyance jusqu'au lendemain matin. Alors, elle fut détrompée à sa confusion et ne fut plus dorénavant de si légère croyance.

Le METEL D'OUVILLE.

III

L'ENTRÉE DU GRAND-TURC

A CONSTANTINOPLE

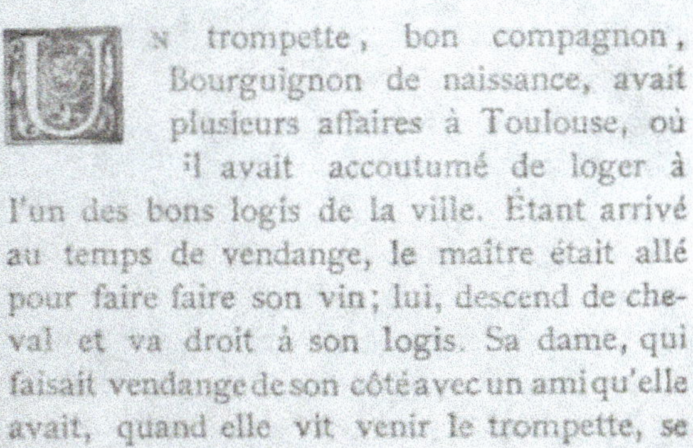

N trompette, bon compagnon, Bourguignon de naissance, avait plusieurs affaires à Toulouse, où il avait accoutumé de loger à l'un des bons logis de la ville. Étant arrivé au temps de vendange, le maître était allé pour faire faire son vin; lui, descend de cheval et va droit à son logis. Sa dame, qui faisait vendange de son côté avec un ami qu'elle avait, quand elle vit venir le trompette, se délibéra de lui refuser la porte, car elle, qui connaissait le pèlerin, eut opinion qu'étant au logis, il empêcherait son entreprise, et lui dit :

— Monsieur, je suis marrie que je ne puis vous accommoder à ce voyage ; tout est si plein qu'il n'y a point de place.

Le trompette, éloigné comme un fondeur de cloches, va chercher un autre logis. Après avoir mis son cheval à l'écurie, et pris réfection, songe à la vieille hôtesse qui l'avait ainsi refusé, et s'imagine qu'il y avait là-dessous quelque chose de caché. Il se délibère d'y aller secrètement voir ce qui s'y passait, ce qu'il pouvait facilement faire, car il savait toutes les adresses du logis. Étant donc entré et monté en la chambre du maître, laquelle était toute tapissée, se met derrière une des tapisseries, disant à lui-même qu'il était bien là, s'il se faisait quelque entreprise des fesses, pour sonner ville gagnée, et la retraite, ainsi que le cas le requerrait.

Il ne fut pas plus tôt à la chambre que la

dame fit apporter une collation, accommodée
de tout ce qui est requis pour ce sujet, le tout
accommodé en vaisselle d'argent. Incontinent
après, arrive monsieur, qui se met à table
avec la dame. Après avoir fait collation,
il s'approche, et, lui mettant la main au-
dessous du menton :

— Comment appelez-vous ça?

— Je l'appelle boule d'ivoire, dit la dame.

Alors monsieur, laissant sa main discourir
plus bas, lui dit :

— Et ceci, qui est ce que j'aime le mieux,
comment l'appelez-vous?

— Je l'appelle Constantinople. Mais vous,
Monsieur, qui vous informez de tant de
choses au sujet des dames, comment appelez-
vous le pistolet dont vous allez à la guerre
de Vénus?

— Je l'appelle le Grand-Turc.

Et, après plusieurs propos, il ajouta :

— Madame, faisons, je vous prie, entrer
le Grand-Turc dans Constantinople.

— La dame, qui ne demandait autre chose,

s'accommode au mieux, et le trompette, entendant l'assaut et la prise, sonne ville gagnée et la retraite tout ensemble.

Les deux amants en eurent une telle épouvante qu'ils s'enfuirent par une fenêtre donnant sur une cour. Le trompette, demeurant seul sur place, prit la vaisselle et s'en alla à son logis, et ce pendant le mari revint de vendange. Aussitôt que la femme l'aperçoit venir, elle fait la dolente et presque la désespérée.

— Comment, ma mie, dit le mari, est-ce là la chère que vous me faites à mon retour?

— Hélas! mon pauvre mari, répond-elle; il est venu céans des larrons qui ont emporté notre vaisselle d'argent.

Le mari la console de son mieux, croyant la chose être véritable, et n'ayant que bonne opinion de sa femme. Quelques jours après, se promenant dans la ville, il rencontre le trompette et lui dit :

— Comment, Monsieur, qui vous a donné sujet de quitter mon logis?

— Monsieur, répond le trompette, c'est qu'à mon arrivée votre logis était trop plein ; et, pour vous montrer que je ne suis point fâché contre vous, je vous prie, vous et votre femme, à venir souper chez moi.

Cela étant accordé, le trompette fait le possible pour bien recevoir son ancien hôte et hôtesse, et fait apporter toute la vaisselle d'argent qu'il avait prise. En soupant, le mari et la femme devisaient fort l'un à l'autre, et disaient :

— Voilà notre vaisselle qui nous a été dérobée.

— Je voudrais bien savoir, dit le trompette, ce que vous avez tant à parler ensemble ; dites-le donc tout haut.

Comme les femmes ont la langue plus longue que les hommes, elle lui dit :

— C'est que mon mari et moi nous disions que cette vaisselle ressemble fort à la nôtre, qui nous a été prise.

— Madame, dit le trompette, je ne sais si elle ressemble à la vôtre ou non, mais pour celle-là, je l'ai gagnée quand le Grand-Turc voulait entrer dans Constantinople.

La dame, oyant cela, dit à son mari :

— Mon ami, regardez bien ; vous verrez que nous nous trompons, et que cette vaisselle n'a jamais été nôtre.

Et, faisant signe au trompette de se taire et qu'elle lui ferait un beau présent, elle lui apporta le lendemain cinquante écus.

UN CONTEUR ANONYME DU XVIIe SIÈCLE.

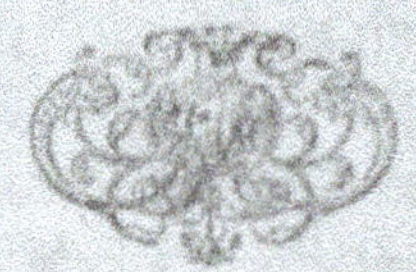

IV

LES OEUFS CASSÉS

Il y avait, près Saint-Yves, un jeune gentilhomme logé en chambre garnie, seul en sa chambre. Il jeta l'œil sur la servante, qui était une assez belle connaude, mais un peu naïve. Il parlait souvent à elle assez froidement et discrètement. Entre autres, un jour, il lui dit :

— Vous êtes des champs, ma mie ?

— Voire, Monsieur.

— Je m'en doutais bien : je ne laisse pas de vous aimer autant que si vous étiez de la

ville, vous voyant si bonne fille et si bonne
ménagère.

— Eulà, Monsieur, je vous en rends grâce.

— Or, ma mie, parce que je vous aime et
que vous nous servez bien, je vous veux
avertir, pour votre profit, qu'il y a un certain
mal qui prend aux filles des champs, quand
elles viennent demeurer en la ville : c'est qu'il
leur croît dans le ventre de petits œufs, qui y
grossissent ; et puis, il faut que les pauvres
filles montrent leur derrière au barbier. Je
serais marri que cela vous advînt. Il n'ad-
viendra pas pourtant, si vous me voulez
croire. Je ferai quelque chose pour vous, et il
est temps d'y commencer ; je vois, à votre
teint, qu'il y en a déjà.

— Pardieu, Monsieur, je vous suis bien
obligée. Il est bien vrai que je ne me porte pas
bien ; je ne suis pas en mon naturel.

— Je vous donnerai demain quelque chose.

Le matin venu, elle vint dans sa chambre ;
il lui donna une cuillerée d'hypocras blanc,
qu'elle savoura, et lui dit qu'elle allât et vînt

par le ménage ; puis, qu'elle déjeunât d'un
peu de pain sec. Cela fut continué deux ou
trois jours. Un matin que madame n'y était
pas, il prit cette fille ; et, riant doucement, il
la posa contre le lit, comme pour lui regarder
en la bouche.

— Hélas ! Monsieur, que voulez-vous faire ?

— Je ne vous ferai point de mal ; je veux
casser un œuf, qui est près de se durcir.

Elle le laissa faire : il lui mit chair vive en
chair vive. Elle s'en trouva fort bien, sinon
qu'il lui cuisait un peu ; et non tant, qu'elle
ne fût contente d'y retourner, tellement qu'en
dépit qu'elle voulait bien, il lui cassait souvent
des œufs au corps, au grand plaisir de la fille,
qui eût voulu en avoir autant en une ventrée,
que l'on eût pu en casser en cent ans, sans
faire autre chose.

Un jour que déjà elle y était affriandée et
avait trop musé, sa maîtresse la tança, quand
elle fût descendue, lui disant :

— Vous êtes une coquette ; vous faites
quelque méchanceté avec cet homme de là-

haut. Ha, ha! bécasse, babouine, qu'avez vous tant fait là-haut?

— Rien autre chose, Madame.

— Vous avez menti, vilaine!

— Ne vous déplaise, Madame; c'est ce que je vous dis.

— Vous faites là-haut quelque rien qui vaille avec cet homme.

— Hélas! Madame, ma bonne maîtresse, vous avez grand tort; c'est le plus honnête homme du monde : il m'était venu des œufs au ventre, et il me les a cassés.

— Quels œufs sont-ce, vilaine, quels œufs?

— Oh! regardez, Madame, s'il n'est pas vrai; tenez, je hausse ma chemise : voyez-en le devant, qui est tout mouillé par la glaire qui en est sortie, quand il les cassait.

BÉROALDE DE VERVILLE.

V

DE L'UTILITÉ DE LA BARBE

'AI à vous montrer que la barbe nous est plus que nécessaire, quand ce ne serait que pour discerner les mâles d'avec les femelles.

De fait, quand je vois ces mentons rasés, je ne sais si ce sont femmes déguisées en habits d'hommes; pour cela, je vous ferai le récit d'un trait qui fut joué par un imberbe à un gentilhomme d'honneur. Bien qu'âgé de quelque soixante dix-sept ans, il trouva moyen de se percher avec une jeune

demoiselle de seize à dix-sept-ans, belle tout
ce qui se pouvait. Elle n'eut point passé la
quinzaine, qu'elle commença à trouver l'ordinaire de son époux trop maigre. Le mari,
connaissant qu'il n'avait de quoi fournir à l'ap-
pointement, comme celui qui ayant la neige
sur le coppeau ne pouvait être froid aux vallées,
pour s'exempter du voyage de Cornouailles,
où il se doutait que sa femme le pourrait envoyer, se retire aux champs, ce qui donne
grand mécontentement à la jeune demoiselle.

Déjà, son époux lui faisait faire plus de
jeûnes qu'on n'en saurait trouver en la fête
de la plus grande bigotte de tout l'univers, et,
pendant qu'elle était en une telle détresse, une
très experte maquignonne des courtauds cupi-
diques vous lui promit de lui livrer en main
un jeune mais roide cavalcadour, lequel aisément pourrait être introduit en la maison,
moyennant qu'il se déguisât en demoiselle
et qu'elle lui donnât le nom de cousine.

Le jour, heure et autres circonstances arrê-
tées, notre imberbe ne faillit à visiter sa cou-

sine, qui le reçut avec telle courtoisie que
vous pouvez imaginer. Toutes deux vont trouver le bonhomme de mari, qui ne manque
de son côté à vouloir faire l'honnête. Les
gestes de cette nouvelle forgée demoiselle
étaient tels qu'on ne l'eût jamais prise pour
un gentilhomme, si ce n'est qu'il avait la voix
un peu plus forte et rude que ne l'ont nos
sucrées. Pour prévenir les soupçons, la femme
lui va dire qu'elle était enrouée.

— Oui, pour ma foi, répondit la demoiselle
queuée ; cela me prit aux fiançailles de M. de
Penencourt ; on me fit tant tourner que j'eus
chaud et froid ; toutefois, à cette heure, je me
porte un peu mieux, et quand mieux même
j'aurais la mort entre les dents, certes je me
guérirais, vu votre bonne disposition.

Le souper s'apprêtait pendant que ces cousines s'entretenaient ainsi devant le mari qui
y prenait grand plaisir. Entres autres discours
que la femme tint à la demoiselle, elle lui dit
en se souriant :

— Hé bien, ma cousine, êtes-vous toujours

peureuse ? j'ai vu que vous l'étiez extrêmement.

— Ma foi ! oui, répondit la nouvelle cousine, et encore plus que jamais, de sorte qu'il faut que ma nourrice couche tous les jours avec moi.

— Non, non, ma cousine, dit le mari, n'ayez point peur ; vous aurez votre cousine qui cette nuit vous tiendra compagnie.

Dites voir qui fut la plus aise des deux cousines ?

Après souper, on s'amuse à deviser quelque peu, puis fut question de s'aller coucher.

La cousine survenue prit congé du bon vieillard, lequel chargea derechef sa femme de coucher avec elle. Il ne fallut pas la faire ajourner pour obéir à ce tant agréable commandement. La nuit passe en caresses, et le matin la jeune femme se relève gaie et distraite, pour donner ordre aux affaires de la maison, suivant la charge que lui en avait donnée son mari, qui dormait la grasse matinée.

Le jeune écuyer, toute la nuit, n'avait fait que battre l'estrade, dont il était si las, que, le matin, il dormit de si grande heure que les neuf heures le prirent dans le lit. Les filles de chambre entrèrent au lieu où était gisante cette belle écuyère qui, parce qu'il faisait chaud, s'était découverte et se montrait naturellement.

— Oh ! oh ! dit une bonne vieille, voilà céans comment les cousines ont de quoi se traiter ! Vous voulez donc fringuer notre maîtresse?

Vous voyez par ceci que la barbe sert de beaucoup pour empêcher les confusions.

LE SIEUR DE CHOLIÈRES.

VI

MANIÈRE BIEN NOUVELLE

DE CONSTRUIRE LES MURAILLES DE PARIS

ANTAGRUEL, quelque jour, pour se récréer de son étude, se promenait vers les faubourgs Saint-Marceau, voulant voir la Folie Gobelin. Panurge était avec lui, ayant toujours le flacon sous sa robe, et quelque morceau de jambon : car sans cela jamais n'allait-il, disant que c'était son garde-corps, et autre épée ne portait-il.

A leur retour, Panurge considérait les

murailles de la ville de Paris, et, par ironie,
dit à Pantagruel :

— Voyez ci ces belles murailles! O que
fortes sont et bien en point pour garder les
oisons en mue! Par ma barbe! elles sont
complètement méchantes pour une telle ville
comme celle-ci, car une vache avec un pet en
abattrait plus de six brasses.

— O mon ami! dit Pantagruel, sais-tu
bien ce que dit Agésilas, quand on lui
demanda pourquoi la grande cité de Lacédé-
mone n'était ceinte de murailles? Car, mon-
trant les habitants et citoyens de la ville tant
bien experts en discipline militaire, et tant
forts et bien armés : « Voici, dit-il, murailles
de la cité, » voulant dire par là qu'il n'est
muraille que d'os, et que les villes et cités ne
sauraient avoir muraille plus sûre et plus
forte que la vertu des citoyens et habitants.
Ainsi, cette ville est si forte, par la multitude
du peuple belliqueux qui est dedans qu'ils ne
se soucient de faire autres murailles. D'ailleurs, qui la voudrait emmurailler, comme

Strasbourg, Orléans, ou Ferrare? Il ne serait possible, tant les frais et dépens seraient excessifs.

— Oui. Mais, dit Panurge, il fait bon d'avoir quelque visage de pierre, quand on est envahi de ses ennemis, ne fût-ce que pour demander : Qui est là-bas? Quant aux frais énormes que vous dites être nécessaires si on la voulait murer, si messieurs de la ville me veulent donner quelque bon pot de vin, je leur enseignerai une manière bien nouvelle comment ils les pourront bâtir à bon marché.

— Comment? dit Pantagruel.

— Ne le dites donc point, répondit Panurge, si je vous l'enseigne. Je vois que les callibistris des femmes de ce pays sont à meilleur marché que les pierres; d'iceux faudrait bâtir les murailles, en les arrangeant par bonne symétrie d'architecture, et mettant les plus grands aux premiers rangs ; puis, en taluant à dos d'âne, arranger les moyens et finablement les petits. Puis faire un beau petit entrelardement à pointes de diamants, comme la grosse tour de Bourges, de tant de braquemards enroidis qui habitent par les braquettes claustrales. Quel diable déferait telle muraille? Il n'y a métal qui tant résistât aux coups. Et puis, que les couillevrines s'y vinssent frotter; vous en verriez, par Dieu! incontinent distiller de ce benoît fruit de grosse vérole, menue comme pluie. Sec! au nom des diables! Davantage, la foudre ne tomberait jamais dessus. Car pourquoi? ils sont tous bénits ou sacrés. Je n'y vois qu'un inconvénient.

— Ho, ho, ha, ha, ha, dit Pantagruel. Et lequel?

— C'est que les mouches en sont tant friandes que merveilles, et y feraient leurs ordures, et voilà l'ouvrage gâté et diffamé! Mais voici comment l'on y remédierait. Il faudrait très bien les émoucheter avec belles queues de renards, ou bon gros visages d'ânes de Provence. Et, à ce propos, je vous veux dire, nous en allant pour souper, un bel exemple.

Au temps que les bêtes parlaient (il n'y a
pas trois jours), un pauvre lion, par la forêt
de Bièvre se promenant et disant ses menus
suffrages, passa par-dessous un arbre dans
lequel était monté un vilain charbonnier pour
abattre du bois. Lequel, voyant le lion, lui
jeta sa cognée, et le blessa énormément en
une cuisse. Dont le lion, clopinant, tant
courut et tracassa par la forêt pour trouver
aide, qu'il rencontra un charpentier lequel
volontiers regarda sa plaie, la nettoya le
mieux qu'il put, et l'emplit de mousse, lui
disant qu'il émouchetât bien sa plaie, afin
que les mouches n'y fissent ordure. Ainsi, le
lion guéri se promenait par la forêt, à quelle
heure une vieille sempiterneuse ébuchetait et
amassait du bois par ladite forêt ; laquelle,
voyant le lion venir, tomba de peur à la
renverse en telle façon que le vent lui renversa
sa robe, cotte et chemise jusques au-dessus
des épaules. Ce que voyant, le lion courut de
pitié, voir si elle s'était fait aucun mal, et,
considérant son « comment a nom ? » dit :

— O pauvre femme, qui t'a ainsi blessée?

Et, ce disant, aperçut un renard, lequel il appela, disant :

— Compère renard, Lau cza, cza, et pour cause.

Quand le renard fut venu, il lui dit :

— Compère, mon ami, l'on a blessé cette bonne femme ici entre les jambes bien vilainement, et y a solution de continuité manifeste. Regarde que la plaie est grande, depuis le c.. jusques au nombril; mesure quatre, mais bien cinq empans et demi. C'est un coup de coignée; je me doute que la plaie soit vieille. Pourtant afin que les mouches n'y prennent, émouche-la bien fort, je t'en prie, et dedans et dehors : tu as bonne queue et longue; émouche, mon ami, émouche, je t'en supplie, et cependant je vais quérir de la mousse pour y mettre. Car ainsi nous faut-il secourir et aider l'un l'autre, Dieu le commande. Émouche fort, ainsi, mon ami, émouche bien : car cette plaie veut être émouchée souvent, autrement la personne ne peut être à son aise. Or

émouche bien, mon petit compère, émouche;
Dieu t'a bien pourvu de queue, tu l'as grande
et grosse à l'avenant, émouche fort et ne
t'ennuie point. Un bon émoucheteur qui, en
émouchetant continuellement, émouche de
son mouchet, par mouches jamais émouché
ne sera. Émouche, couillaud, émouche, mon
petit bedeau, je n'arrêterai guère.

Puis, va chercher force mousse, et quand il
fut quelque peu loin, il s'écria parlant au
renard :

— Émouche bien toujours, compère,
émouche, et ne te fâche jamais de bien émou-
cher; par Dieu, mon petit compère, je te ferai
être à gages émoucheteur de la reine Marie ou
bien de Don Pietro de Castille. Émouche seulement, émouche, et rien de plus.

Le pauvre renard émouchait fort bien, et
deçà et delà, et dedans et dehors; mais la
fausse vieille vessait et vessait puant comme
cent diables. Le pauvre renard était bien mal
à son aise, car il ne savait de quel côté se
virer pour évader le parfum des vesses de la

vieille ; et, ainsi qu'il se tournait, il vit qu'au derrière était encore un autre pertuis, non si grand que celui qu'il émouchait, d'où lui venait ce vent tant puant et infect. Le lion finablement retourne, portant de mousse plus que n'en tiendraient dix et huit balles, et commença en mettre dedans la plaie, avec un bâton qu'il apporta, et il avait déjà bien mis seize balles et demi, et s'ébahissait : « Que diable ! cette plaie est profonde : il y entrerait de mousse plus de deux charretées ; eh bien !... puisque Dieu le veut ! » Et toujours fourrait dedans ; mais le renard l'avisa :

— O compère lion, mon ami, je te prie, en mets ici toute la mousse, gardes-en quelque peu, car il y a encore ici dessous un autre petit pertuis, qui pue comme cinq cents diables : j'en suis empoisonné de l'odeur, tant il est punais !

Ainsi, il faudrait, pour garder ces murailles des mouches, mettre émoucheteurs à gages.

RABELAIS.

VII

LE VEAU

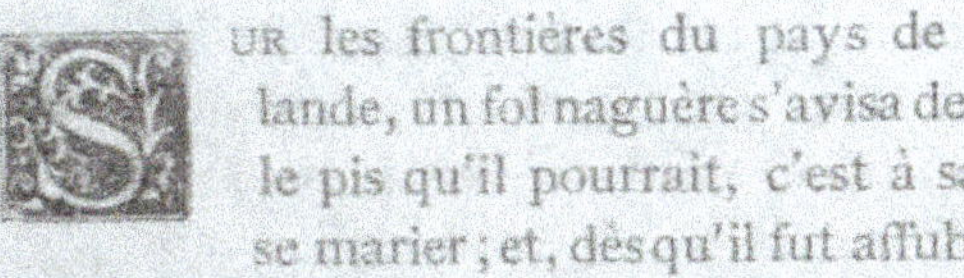

Sur les frontières du pays de Hollande, un fol naguère s'avisa de faire le pis qu'il pourrait, c'est à savoir se marier ; et, dès qu'il fut affublé du doux manteau de mariage, bien qu'alors on fût en hiver, il fut si fort échauffé qu'on ne le savait tenir. Les nuits, qui par cette saison duraient neuf et dix heures, n'étaient point assez suffisantes ni d'assez longue durée pour éteindre le très ardent désir qu'il avait de faire lignée ; et de fait, quelque part qu'il rencontrât sa femme,

il l'abattait, fût en sa chambre, fût en l'étable ;
en quelque lieu que ce fût, toujours avait un
assaut. Et ne dura pas cette matière un mois
ou deux seulement, mais si très longuement
que ne pas le voudrais écrire, pour l'inconvénient qui en pourrait sourdre si la folie
de ce grand ouvrier venait à la connaissance
de plusieurs femmes. Que vous en dirai-je de
plus ! Il en fit tant que la mémoire n'en sera
jamais éteinte audit pays. Et, à la vérité, la
femme qui naguère au bailli d'Amiens se
complaignit de son mari pour le très grand
travail qu'il lui donnait de semblable cas,
n'avait pas tant matière à se plaindre que
celle-ci. Quoi qu'il en fût, bien qu'aucunes
fois elle se fût très bien passée de cette plaisante peine, pour obéir comme elle devait à
son mari, jamais elle ne fut rebelle à l'éperon.
Il advint un jour après dîner qu'il faisait très
beau temps, et que le soleil envoyait ses
rayons par la terre peinte et brodée de belles
fleurs : il leur prit volonté d'aller jouer au
bois eux deux seulement, et ils se mirent en

chemin. Or, il ne vous faut pas cacher ce qui
sert à l'histoire. A la fois que nos bonnes
gens eurent cette dévotion, un laboureur avait
perdu son veau qu'il avait mis paître dans
un pré touchant audit bois ; lequel il vint
voir et ne le trouva pas, dont il ne fut pas
moyennement courroucé, et il se mit à la quête,
tant par le bois comme aux prés, terres et
places voisines des environs ; mais il n'en sut
trouver nouvelles. Il s'avisa qu'à l'aventure il
s'était bouté dedans quelques buissons pour
paître, ou dedans aucun fossé herbu, dont il
pourrait bien saillir quand il aurait le ventre
plein. Et, afin qu'il puisse mieux voir et à son
aise, sans aller courir, çà et là, il choisit le
plus haut arbre et le mieux garni du bois, et
monte dessus. Et quand il se trouve au plus
haut de cet arbre, qui toute la terre d'environ
découvrait, il lui est bien avis que son veau
est à moitié trouvé. Tandis que ce bon laboureur jetait ses yeux de tous côtés après son
veau, voici notre homme et sa femme qui se
boutent au bois, chantant, jouant, et devisant

et faisant fête, comme font les cœurs gais
quand ils se trouvent aux plaisants lieux. Et
ce n'est pas merveille si le vouloir lui crût et
le désir lui naquit d'accoler sa femme en ce
lieu si plaisant et propice. Pour exécuter ce
vouloir à sa plaisance et à son beau loisir,
tant regarde à droite et à gauche qu'il aperçoit
le très bel arbre dessus lequel était le laboureur, dont il ne savait rien; et sous cet arbre
il disposa et conclut ses gracieuses armes ac-
complir. Et quand il fut au lieu, il ne demeura guère après la semonce de son désir,
tenant le lieu de maréchal, qu'il ne mit main
à la besogne, et vous assaille sa femme, et la
porte par terre, et comme alors il était bien
disposé, et sa femme aussi d'autre part,
il la veut voir devant et derrière, et de fait
prend sa robe et la lui ôte, et en cotte simple
la met. Ensuite, la haussa bien haut malgré
elle, et non content de cela, pour la bien voir
à son aise et sa beauté regarder, la tourne, et
sur son gros derrière par trois, par quatre
fois, il fait descendre sa rude main; il la re-

vire, et comme il avait regardé son derrière,
il veut faire la même chose pour le devant,
ce que la bonne simple femme ne veut pour
rien consentir ; même avec la grande résis-
tance qu'elle fait, Dieu sait que sa langue n'é-
tait pas oiseuse ! Elle l'appelle malgracieux,
fol et enragé, autre fois deshonnête, et tant
lui dit que c'est merveille ; mais rien n'y vaut,
il est trop plus fort qu'elle, et a conclu de
faire inventaire de tout ce qu'elle a ; force est
qu'elle obéisse, mieux aimant, comme sage,
le bon plaisir de son mari que, par refus, son
déplaisir. Toute défense du côté d'elle mise en
arrière, ce vaillant homme va passer le temps
à regarder ce devant, et, si sans honneur on
peut le dire, il ne fut pas content si ses mains
ne découvraient à ses yeux les secrets dont il
se devait bien passer de s'enquérir. Et comme
il était en cette profonde étude, il disait main-
tenant : « Je vois ceci, je vois cela, encore
ceci, encore cela. » Il voyait tout le monde et
beaucoup plus. Et, après une longue pause,
tenant cette gracieuse contemplation, dit de

rechef : « Sainte Marie, que je vois de choses ! »

— Hélas ! dit lors le laboureur sur l'arbre juché, et ne voyez-vous pas mon veau, beau sire ? il me semble que j'en vois la queue.

L'autre, bien qu'il fût ébahi, subitement fit sa réponse et dit :

— Cette queue n'est pas de ce veau.

Et ensuite, il part, et s'en va, et sa femme le suit. Et à qui demanderait qui poussait le laboureur à faire cette question, le secrétaire de cette histoire répond que la barbe du devant de ladite femme était assez et beaucoup longue, comme il est de coutume à celles de Hollande ; aussi, croyait-il bien que ce fût la queue de son veau ; attendu aussi que le mari d'elle disait qu'il voyait tant de choses, qu'il pensait en lui-même que son veau ne pouvait guère être éloigné.

MONSEIGNEUR DE LA ROCHE.

Cent nouvelles nouvelles.

VIII

LE TROU DU DIABLE

ANS la ville de Caspe, en Barba-
rie, vivait autrefois un homme
riche, qui avait, entre autres enfants, une fille pleine de grâces et
douce comme un agneau. Elle se nommait
Alibech et faisait les délices de sa famille.
Comme elle n'était pas chrétienne et qu'elle
entendait continuellement faire l'éloge de
notre religion, elle résolut de l'embrasser et
se fit secrètement baptiser. Cela fait, elle
demande à celui qui l'avait baptisée quelle était

la meilleure façon de servir Dieu et de faire
son salut. Cet honnête homme lui répond que
ceux qui voulaient aller au ciel plus sûre-
ment renonçaient aux vanités et aux gran-
deurs de ce monde, et vivaient dans la retraite
et la solitude, comme les chrétiens qui s'étaient
retirés dans les déserts de la Thébaïde. La
fillette, qui avait tout au plus quatorze ans,
forme aussitôt le projet d'aller en Thébaïde.
Elle sort un beau matin de la maison de son
père et se met en chemin toute seule pour
se rendre aux déserts. Elle va comme le vent,
ne s'arrête que pour prendre de nouvelles
forces et arrive en peu de jours dans ces lieux
solitaires, habités par la dévotion et la pénitence. Ayant aperçu de loin une petite mai-
sonnette, elle dirige aussitôt ses pas vers ce
lieu : c'était la demeure d'un saint solitaire,
qui, tout émerveillé de la voir, lui demande
ce qu'elle cherche. Elle lui répond que, con-
duite par une inspiration divine, elle était
venue dans ces déserts pour y chercher quelqu'un qui lui apprit à servir Dieu et à mériter

le ciel. Le saint solitaire admira et loua beaucoup son zèle ; mais la trouvant jeune, tout à
fait gentille, et craignant que le diable ne le
tentât s'il se chargeait de son instruction, il ne
crut pas devoir la retenir. « Ma fille, lui dit-il,
il y a un saint homme non loin d'ici, beaucoup mieux en état que moi de t'instruire. Je
t'indiquerai sa demeure pour que tu puisses
aller le joindre ; mais il faut auparavant que
tu prennes quelque nourriture. » Et il lui
donna à manger des racines, des dattes, des
pommes sauvages, et lui fit boire de l'eau
fraîche. Il lui enseigna ensuite la demeure du
saint solitaire et l'accompagna jusqu'à moitié
chemin.

Cet autre ermite, qui était effectivement un
homme instruit et un pieux personnage, lui
fit, en la voyant, la même question que lui
avait faite son confrère ; et comme père Rustique (c'était son nom) ne se défiait aucunement de sa vertu, quoiqu'il fût encore dans la
vigueur de l'âge, il ne jugea pas à propos de
l'envoyer plus loin. « Si elle me cause des

tentations, dit-il en lui-même, j'y résisterai, et mon mérite sera plus grand devant Dieu. » Il la retint donc, se mit à la catéchiser et la fortifia par des discours édifiants dans ses bons sentiments. Il lui fit ensuite un petit lit de branches de palmier et lui dit que ce serait là qu'elle coucherait.

Le temps où la vertu de ce solitaire devait faire naufrage approchait. Pendant la collation, placé vis-à-vis de cette jeune fille, il ne put s'empêcher d'admirer la fraîcheur de son teint, la vivacité de ses yeux, la douceur de sa physionomie, et je ne sais quoi d'angélique répandu dans toute sa personne. Il baissa les yeux, comme s'il se méfiait de lui-même ; mais un penchant plus fort les ramène sur Alibech. Les aiguillons de la chair commencent à se faire sentir ; il veut les repousser par des signes de croix et par des oraisons qu'il récite tout bas, mais inutilement : ils ne font que lui livrer de plus rudes combats et amènent les désirs qui achèvent de le subjuguer. Ne pouvant se dissimuler à lui-même sa défaite, il ne songe plus qu'à la manière dont il doit s'y prendre pour conduire la petite fille à ses fins, sans blesser ses préjugés ni lui faire perdre la bonne idée qu'elle a de sa religion et de sa vertu. Dans cette vue, il lui fait plusieurs questions, et voit par ses réponses qu'elle est tout à fait neuve. Convaincu de sa simplicité, il forme alors le projet de couvrir ses désirs charnels du manteau de la dévotion, et d'ériger en acte de ferveur et de piété l'œuvre par laquelle il espère de les satisfaire.

Il commence par lui dire que le diable est le plus grand ennemi du salut des hommes, et que l'œuvre la plus méritoire que des chrétiens puissent faire est de le mettre et remettre en enfer, lieu pour lequel il est destiné.

« Et comment cela se fait-il? dit la jeune néophyte. — Tu le sauras tout à l'heure, ma chère fille, reprit le père Rustique; fais seulement tout ce que tu me verras faire. » L'ermite se déshabilla aussitôt, et le petit ange d'en faire autant.

Quand ils sont tout nus l'un et l'autre,

Rustique se met à genoux et fait placer la pauvre petite innocente vis-à-vis de lui dans la même situation. Là, les mains jointes, il promène ses regards sur ce corps d'albâtre qu'on eût dit qu'il adorait, et il a toutes les peines du monde à retenir les mouvements de son impatiente ardeur. Alibech, de son côté, le regarde tout étonnée de cette manière de servir Dieu, et apercevant au bas de son ventre une grosse chose qui remuait : « Qu'est-ce que je vois, lui dit-elle, qui avance et qui remue si fort, et que je n'ai pas, moi? — Ce que tu aperçois, là, ma chère fille, c'est le diable dont je t'ai parlé. Vois comme il me tourmente, comme il s'agite. J'ai toutes les peines du monde à supporter le mal qu'il me fait. — Loué soit Dieu, reprit-elle, de ce que je n'ai pas un pareil diable, puisqu'il vous tourmente ainsi! — Mais, en revanche, tu as autre chose que je n'ai point. — Et quoi, s'il vous plaît? — Tu as l'enfer ; et je pense que Dieu t'a envoyée ici exprès pour le salut de mon âme, parce que, si le diable continue de

me tourmenter et que tu veuilles souffrir que
je le mette dans l'enfer, tu me soulageras et
feras l'œuvre la plus méritoire possible pour
gagner le ciel. — Puisque cela est ainsi, mon
bon père, vous êtes le maître de faire tout ce
qu'il vous plaira. J'aime tant le seigneur que
je ne demande pas mieux que de vous laisser
mettre le diable dans l'enfer. — Eh bien! je
vais l'y mettre pour qu'il me laisse en paix;
sois assurée, ma chère fille, que Dieu te tiendra
compte de ta complaisance et qu'il te bénira.»

Il la conduit ensuite sur l'un des deux lits
et lui enseigne l'attitude qu'elle devait prendre
pour laisser emprisonner ce maudit diable.
La jeune Alibech, qui n'avait jamais mis aucun diable en enfer, éprouva une grande
douleur aux approches de celui-là. C'est ce
qui lui fit dire : « Certes, il faut que ce diable
soit bien méchant ! «Mais notre ermite s'in-
quiétant peu sans doute de faire souffrir cette
charmante enfant, remit par six fois différentes le
diable en prison avant de descendre du lit, après
quoi il la laissa reposer et se reposa lui-même.

Le solitaire était trop zélé pour se lasser sitôt de faire la guerre au diable. Il la recommença pas plus tard que le lendemain. La fille, toujours obéissante, ne tarda pas à éprouver du plaisir. « Je vois à présent, dit-elle à Rustique, que ces honnêtes gens de Caspe avaient bien raison de dire que rien n'est plus doux que de servir Dieu dévotement, car je ne me souviens pas d'avoir eu de ma vie un plaisir pareil à celui que j'éprouve aujourd'hui à mettre et à remettre le diable dans le trou, d'où je conclus que ceux qui ne s'occupent pas du service de Dieu sont de grands imbéciles. » Enfin ce jeu lui plut si fort, que, lorsque le père passait trop de temps sans le répéter, elle l'en faisait ressouvenir. « Est-ce que votre zèle se ralentit? » lui disait-elle. Songez que je suis venue ici pour servir Dieu et non pour demeurer oisive. Allons remettre le diable en enfer. » Et ils y allaient. La bonne fille se plaignait quelquefois de ce qu'il en sortait trop tôt; elle était si zélée, qu'elle eût voulu l'y retenir les jours entiers.

Mais, si sa ferveur augmentait, celle de Rustique diminuait chaque jour. Elle en était fort chagrine, et en bonne chrétienne elle cherchait à le ranimer par les caresses et les invitations ; il lui arrivait même quelquefois de trousser l'ermite pour voir si le diable restait tranquille ; et, quand elle le trouvait humble et silencieux, elle lui faisait de petites agaceries pour le réveiller et l'exciter au combat. Rustique la laissait faire ; mais, voyant qu'elle y revenait trop souvent, il lui dit alors qu'il ne fallait châtier le diable que lorsqu'il levait orgueilleusement la tête. « Laissons-le tranquille ; nous l'avons si fort puni qu'il n'a plus de forces. Attendons qu'elles lui reviennent pour mater son orgueil. » Ce discours ne plut aucunement à la jeune Alibech ; mais il fallait bien obéir. Lassée néanmoins de voir que l'ermite ne la requérait plus de mettre le diable en prison, elle ne put s'empêcher de lui dire un jour : « Si votre diable se trouve assez châtié et ne vous tourmente plus, mon père, il n'en est pas de même de mon enfer. J'y sens

des démangeaisons terribles, et vous me feriez
grand plaisir si vous vouliez adoucir cette
rage, comme j'ai calmé celle de votre diable. »
Le pauvre ermite, qui ne vivait que de fruits
et de racines, et ne buvait que de l'eau, choses
peu propres à rétablir une vigueur éteinte, ne
se sentant pas en état de contenter l'appétit de
la jeune Caspienne, lui répondit qu'un seul
diable ne pouvait suffire pour éteindre le feu
de l'enfer, mais qu'il ferait pourtant de son
mieux pour la soulager. Il remettait donc de
temps en temps le diable en enfer; mais les
lacunes étaient si longues et le séjour qu'il y
faisait si court, qu'au lieu d'apaiser les démangeaisons, il les irritait davantage. Son peu de
zèle affligeait singulièrement la jeune fille;
elle tremblait pour le salut du solitaire et
pour le sien propre, croyant que Dieu ne
pouvait voir leur inaction qu'avec des yeux
irrités.

Pendant qu'ils s'affligeaient tous deux, l'un
de son impuissance, l'autre de son trop grand
désir, il arriva que le feu prit à la maison du

père d'Alibech, qui y périt avec sa femme et
tous ses enfants. Alibech, seul reste de cette
famille malheureuse, se trouva, par cet acci-
dent, l'unique héritière du bien immense dont
son père jouissait. Un jeune Caspien, nommé
Méherbal, qui avait diverti tout le sien en
dépenses folles et qui épiait l'occasion de sa
fortune, se ressouvint alors de la jeune Alibech, qui, depuis six mois, avait disparu de
chez ses parents, et se mit à la chercher dans
l'espérance de l'épouser. Il parvint, à force de
démarche, à découvrir la route qu'elle avait
tenue lors de sa fuite, et il fit si bien qu'il la
trouva. Il eut beaucoup de peine à la ramener
à Caspe ; mais enfin il y réussit et l'épousa en
arrivant. Quoique l'ermite n'en pût plus d'é-
puisement, il la vit néanmoins partir avec
regret, parce qu'il se flattait de rétablir ses
forces et de finir ses jours avec elle.

Les dames que Méherbal avait invitées à la
noce ne manquèrent pas de questionner Alibech sur le genre de vie qu'elle avait menée
dans la Thébaïde. Elle leur répondit, avec la

franchise et la naïveté qui formaient son caractère, qu'elle y avait passé tout le temps à servir Dieu, et que Méherbal avait grand tort de l'en avoir retirée. « Mais que faisiez-vous pour le servir? — Je le servais en mettant et en remettant le plus souvent que je pouvais le diable en enfer. » Cette réponse avait besoin d'explication et, les dames la lui ayant demandée, elle leur fit voir par ses gestes et par ses paroles comment cela se faisait, ce qui fit beaucoup rire toute l'assemblée. « Si ce n'est que cela, répliquèrent-elles, ne regrettez pas la Thébaïde : on en fait autant ici. Soyez assurée que Méherbal servira Dieu avec vous tout aussi bien que le plus zélé des Pères du désert. »

BOCCACE.

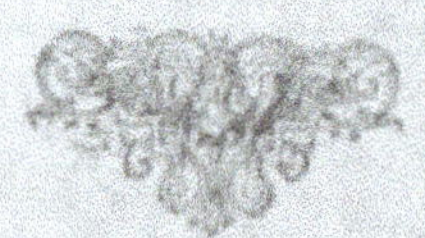

IX

IL EUT TORT

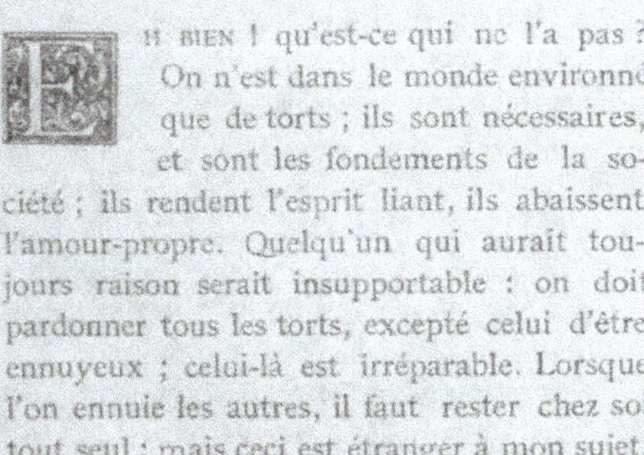

EH BIEN ! qu'est-ce qui ne l'a pas ?
On n'est dans le monde environné
que de torts ; ils sont nécessaires,
et sont les fondements de la so-
ciété ; ils rendent l'esprit liant, ils abaissent
l'amour-propre. Quelqu'un qui aurait toujours raison serait insupportable : on doit
pardonner tous les torts, excepté celui d'être
ennuyeux ; celui-là est irréparable. Lorsque
l'on ennuie les autres, il faut rester chez soi
tout seul : mais ceci est étranger à mon sujet.

Passons à l'histoire de Mondor ; c'était un jeune homme malheureusement né ; il avait l'esprit juste, le cœur tendre et l'âme douce ; voilà trois grands torts qui en produiront bien d'autres. En entrant dans le monde, il s'appliqua principalement à tâcher d'avoir raison. On va voir comme cela lui réussit. Il fit connaissance avec un homme de la Cour : la femme lui trouva l'esprit juste, parce qu'il avait une jolie figure ; le mari lui trouva l'esprit faux, parce qu'il n'était jamais de son avis.

La femme fit beaucoup d'avances à la justesse de son esprit : mais, comme il n'en était point amoureux, il ne s'en aperçut pas. Le mari le pria d'examiner un traité sur la guerre, qu'il avait composé, à ce qu'il prétendait. Mondor, après l'avoir lu, lui dit tout naturellement, qu'en examinant son ouvrage, il avait jugé qu'il ferait un fort bon négociateur pour un traité de paix.

Dans cette circonstance, un régiment vint à vaquer. Un petit marquis avorté trouva

l'auteur de cour un génie transcendant, et
traita la femme comme si elle eût été jolie. Il
eut le régiment ; le marquis fut colonel.
Mondor ne fut qu'un homme vrai ; il eut
tort.

Cette aventure le rebuta ; il perdit toutes
vues de fortune, vint à Paris vivre en parti-
culier, et forma le projet de s'y faire des amis.
Ah ! bon Dieu, comme il eut tort ! Il crut en
trouver un dans la personne du jeune Alcipe.
Alcipe était aimable, avait le maintien décent,
et les propos d'un homme essentiel.

Un jour, il aborda Mondor avec un air
affligé. Aussitôt Mondor s'affligea (car il n'y a
point de plus sots gens que les gens d'esprit
qui ont le cœur bon). Alcipe lui dit qu'il avait
perdu cent louis sur sa parole ; Mondor les
lui prêta sans vouloir de billet ; il crut par là
s'être acquis un ami ; il eut tort, il ne le revit
plus.

Il donna dans les gens de lettres ; ils le
jugèrent capable d'examiner leurs pièces : ils
obtinrent audience de lui plus aisément que

du public. Il y en eut un en qui Mondor crut
reconnaître du talent ; il lui sembla digne de
la plus grande sévérité : il lut son ouvrage
avec attention ; c'était une comédie. Il retran-
cha les détails superflus, exigea plus de fonds,
demanda à l'auteur de mieux enchaîner ses
scènes, de les faire naître l'une de l'autre, de
mettre toujours les acteurs en situation, de
prendre bien plus grande garde à la justice du
dialogue qu'au faux brillant de l'esprit, de
soutenir ses caractères, de les nuancer fine-
ment sans trop les contraster. Il lui fit remar-
quer que les paquets de vers jettent presque
toujours du froid sur l'action. Voilà les
conseils qu'il donna à l'auteur ; il corrigea la
pièce en conséquence. Il éprouva que Mondor
l'avait mal conseillé ; les comédiens ne trou-
vèrent pas qu'elle fût jouable.

Cela le dégoûta de donner des avis. Le
même auteur, qui aurait dû se dégoûter de
faire des pièces, en composa une autre, qui
n'était qu'un amas de scènes informes et
décousues. Mondor n'osa pas lui conseiller de

ne la point donner ; il eut tort. La pièce fut
sifflée ; cela le jeta dans la perplexité ; s'il
donnait des conseils, il avait tort ; s'il n'en
donnait pas, il avait tort encore.

Il renonça au commerce des beaux esprits,
et se lia avec les savants ; il les trouva presque aussi tristes que des gens qui veulent être
plaisants. Ils ne voulaient parler que lorsqu'ils
avaient quelque chose à dire ; ils se taisaient
souvent ; Mondor s'impatienta, et ne parut
qu'un étourdi. Il fit connaissance avec des
femmes à prétention ; autre méprise : il se
crut dans un climat plus voisin du soleil ;
c'était le pays des éclairs, où presque toujours
les fruits sont brûlés avant que d'être mûrs.
Il remarqua que la plupart de ces femmes
n'avaient qu'une idée qu'elles subdivisaient en
petites pensées abstraites et luisantes ; il
s'aperçut que tout leur art n'était que de
hacher l'esprit ; il connut le tort qu'il avait
eu de rechercher leur société : il voulut y rai-
sonner, il parut gauche ; il voulut y briller,
il parut lourd ; en un mot, il déplut, quoi-

qu'il sût fort bien les auteurs latins, et sentit qu'on ne pouvait pas dire à un jeune homme : Voulez-vous réussir auprès des femmes ? lisez Cicéron.

Mondor était l'homme du monde le plus raisonnable, et ne savait quel parti prendre pour avoir raison. Il éprouva que dans le monde les torts viennent bien moins de prendre un mauvais parti que d'en prendre un bon maladroitement.

Il avait voulu être courtisan, il s'était cassé le cou. Il avait cherché à se faire des amis, il en avait été la dupe. Il avait vu de beaux esprits, il s'en était lassé ; des savants, il s'en était ennuyé ; des femmes, il avait été ennuyeux. Il entendit vanter le bonheur de deux personnes qui s'aiment véritablement ; il crut que le parti le plus sensé était d'être amoureux ; il en forma le projet ; c'était précisément le moyen de ne pas le devenir. Il examinait toutes les femmes ; il mettait dans la balance les agréments et les talents de chacune, afin de se déterminer pour celle qui aurait une

perfection de plus. Il croyait que l'amour est
un Dieu avec lequel on peut marchander.

Il eut beau faire cette revue, il eut beau s'ef-
forcer d'être amoureux, cela fut inutile : mais
un jour, sans y penser, il le devint de la personne la plus laide et la plus capricieuse ; il se
remercia de son choix ; il vit cependant bien
qu'elle n'était pas belle ; il s'en applaudissait ;
il se flattait de n'avoir point de rivaux : il
avait tort. Il ignorait que les femmes les
plus laides sont les plus coquettes. Il n'y a
point de minauderie, point de regard, point de
petit discours qui n'ait son intention ; elles se
ponnent autant de soin pour faire valoir
leur figure qu'on en prend ordinairement pour
faire rapporter une mauvaise terre. Cela leur
réussit ; les avances qu'elles font flattent l'orgueil, et la vanité d'un homme efface presque
toujours la laideur d'une femme.

Mondor en fit la triste expérience, il se
trouva environné de concurrents ; il en fut
inquiet : il eut tort ; cela le conduisit à un
plus grand tort, ce fut de se marier. Il traita sa

femme avec tous les égards possibles ; il eut
tort. Elle prit sa douceur pour faiblesse de
caractère, et le maîtrisa ardemment. Il voulut
se brouiller ; il eut tort, cela lui ménagea le
tort de se raccommoder. Dans les raccommode-
ments, il eut deux enfants, c'est-à-dire deux
torts. Il devint veuf, il eut raison ; mais il en
fit un tort : il fut si affligé qu'il se retira dans
ses terres.

Il trouva dans le pays un homme riche,
mais qui vivait avec hauteur ; il ne voyait
aucun de ses voisins ; il jugea qu'il avait tort :
il eut autant d'affabilité que l'autre en avait
peu ; il eut grand tort. Sa maison devint le
réceptacle de gentillâtres, qui l'accablèrent
sans relâche. Il envia le sort de son voisin ; il
s'aperçut trop tard que le malheur d'être ob-
sédé est bien plus fâcheux que le tort d'être
craint. On lui fit un procès pour des droits de
terre ; il aima mieux céder une partie de ce
qu'on lui demandait injustement que de plai-
der ; il se comporta en honnête homme, donna
à dîner à la partie adverse, et fit un accommo-

dement désavantageux ; il eut tort ; un si bon
procédé se répandit dans la province ; tous ses
petits voisins voulurent profiter de sa facilité,
et réclamèrent sans aucun titre quelque droit
chimérique ; il y eut vingt procès pour en avoir
voulu éviter un : cela le révolta, il vendit sa
terre ; il eut tort. Il ne sut que faire de ses
fonds ; on lui conseilla de les placer sur le
concert d'une grande ville voisine, qui était
très accrédité. Le directeur était un joli homme
qui s'était fait avocat pour apprendre à se
connaître en musique. Mondor lui confia son
argent ; il eut tort. Le concert fit banqueroute
au bout d'un an, malgré la gentillesse de M. l'a-
vocat. Cet événement ruina Mondor. Il sentit
le néant des choses d'ici-bas ; il voulut devenir
néant lui-même ; il se fit moine et mourut
d'ennui ; voilà son dernier tort. (1).

L'ABBÉ DE VOISENON.

(1) Ce petit conte de l'Abbé de Voisenon quoique
n'étant pas absolument dans le ton ordinaire de nos

« Joyeuses histoires » nous a paru devoir y figurer à
cause de sa forme littéraire et aussi pour donner plus de
variété à notre recueil. Ainsi que nous l'avons dit en tête
de notre premier volume, notre intention n'est pas de
nous attacher exclusivement aux récits de *haut goût* ; tout
en faisant une part très large aux amateurs de gauloi-
series, nous ferons aussi celle des délicats et des lettrés
en leur servant de temps à autre les jolis et spirituels
badinages de Crébillon fils, Boufflers et autres conteurs
du XVIIIe siècle. De cette façon, chacun y trouvera son
compte.

X

MOEURS PERSANES

AU XVIIe SIÈCLE

ᴏɴ se marie en Perse d'ordinaire par
procureur, parce que les femmes
ne se font point voir aux hommes.
La cérémonie du mariage se fait
de cette manière. Les parents des parties s'as-
semblent au logis de l'accordé. On y fait
venir un homme d'église pour dresser le
contrat. L'accordée, accompagnée de plusieurs, se rend en un cabinet proche du lieu
de l'assemblée, où la porte est à demi ouverte,

mais la portière en demeure abattue en sorte qu'on ne voit personne. Alors, les procureurs des parties se lèvent, et celui de l'accordée, se rangeant contre la porte du cabinet, et y étendant la main, dit tout haut. *Moi N. procureur autorisé de vous N. je vous marie à N. ici présent. Vous serez sa femme perpétuelle à tant de douaire préfix duquel vous êtes convenus.* L'autre procureur répond ainsi : *Moi N., procureur autorisé de N., je prends en son nom à emme perpétuelle N. qui lui a été baillée pour telle par N. son procureur ici présent, à condition de tant de douaire préfix duquel on est convenu.* Ensuite le ministre, ou quiconque est là pour dresser le contrat, se lève, et, approchant la tête de la portière du cabinet, dit à l'accordée : *Ratifiez-vous la promesse que N., votre procureur, vient de faire en votre nom?* elle répond : *Oui.*

Ensuite on dresse le contrat, qui est donné au procureur de l'accordée. Le contrat se garde par la femme pour la sûreté de son douaire. Il n'y a d'autre différence en la cérémonie des mariages à temps, qu'on contracte avec les femmes à louage, sinon que les procureurs des parties font les promesses en autres termes.

Les petites gens font moins de façons, et ne prennent point de procureur. La femme entre voilée avec ses parentes, qui le sont aussi, au lieu où sont les hommes. Ce sont les femmes qui traitent les mariages. Dès que les articles en sont accordés, l'époux assigne le douaire sur le plus liquide de son bien, et ensuite envoie l'anneau de mariage et les présents à son accordée. Ils consistent en habits, en bijoux, et en argent comptant. L'accordée lui renvoie des galanteries, comme des mouchoirs brodés, des toilettes, et des calottes faites à l'aiguille, et d'autres nippes semblables que souvent elle a faites elle-même.

La noce se fait chez l'accordé, et dure dix jours, le dixième on lui envoie en plein jour ce qu'on appelle le trousseau de l'accordée ; il consiste en ses hardes et bijoux, en quan-

tité de meubles, en esclaves, et en eunuques,
selon la qualité. Des chameaux les portent,
ou d'autres bêtes de charge, au son de plusieurs
instruments. Ses esclaves et eunuques sont
montés dessus ou vont à cheval ; et il arrive
souvent qu'on emprunte des meubles et du
train, et qu'on envoie des coffres qui sont
vides ; tout cela, par faste, pour donner dans
la vue et pour éblouir les gens.

La nuit, on conduit la mariée, si c'est une
fille de qualité, elle est menée en *cagianai*.
C'est une manière de berceau, un chameau
en porte deux. Si elle est de médiocre condition, on la mène à cheval ou à pied ; des
joueurs d'instruments commencent la marche ;
un nombre de domestiques suivent chacun
un cierge à la main, les femmes viennent
ensuite portant aussi un cierge allumé. Elle
est voilée du haut jusques en bas, et a de plus
sur la tête un autre voile plissé comme une
jupe, fait de brocard ou de toile d'or, ou de
toile de soie qui la couvre jusqu'à la ceinture.
Un lynx ne découvrirait pas sa taille ni sa

façon. Deux femmes la mènent par les bras,
si elle est à pied ; et, si elle est à cheval, un
eunuque le mène par la bride. Une heure après
être arrivée au logis du mari, et quand le
festin de la noce est achevé, les matrones la
mènent à la chambre nuptiale, la déshabillent à
la chemisette et au caleçon près, et la mettent
au lit. Peu après, le marié est conduit au
même lieu, ou par des eunuques, ou par des
vieilles femmes, et il n'y a point de lumière
lorsqu'il y entre.

De cette manière, un homme ne voit sa
femme que quand il a consommé le mariage,
et souvent il ne le consomme que plusieurs
jours après que son épouse est chez lui, la
belle fuyant et se cachant parmi les femmes,
ou ne voulant pas laisser faire le mari. Ces
façons arrivent souvent entre les personnes de
qualité, parce que, à leur avis, cela sent la
débauchée de donner si tôt la dernière faveur.
Les filles du sang royal en usent particulière-
ment de la façon, et il faut des mois pour les
réduire, et pour leur mettre en tête que leur

mari est digne de les toucher. On conte que la fille d'Abbas le Grand, qui fut mariée à un de ses généraux d'armée, fut longtemps sans vouloir regarder son mari en face ; le seigneur s'en plaignit au roi, lui disant *que S. M. lui avait donné une tigresse et non pas une femme : qu'il n'en osait approcher, et qu'elle avait deux fois mis le poignard à la main contre lui.* Abbas ne put s'empêcher d'en rire, et demanda au général, *combien il avait d'esclaves blanches dans son sérail ?* Le général répondit au roi, *qu'il y en avait environ quarante-cinq. Faites-les coucher l'une après l'autre avec vous,* lui dit le roi, *je suis sûr de cette voie pour réduire votre femme.*

Le général n'y manqua point. La princesse s'emporta fort contre cet étrange procédé, demandant si c'était là la foi conjugale, et, voyant que son mari continuait malgré son courroux, elle alla s'en plaindre à son père, et dit à S. M. : *qu'elle lui venait demander justice de l'audace de son mari, qui forçait toutes ses demoiselles et ses esclaves.* Le roi lui répondit avec un visage irrité, *que c'était par son ordre qu'il en*

usait ainsi, et en même temps la renvoya, lui
commandant bien expressément d'inviter elle-
même la nuit suivante son mari à venir coucher avec elle. La princesse le fit, et elle en fut
fort contente. L'on fait à ce propos une assez
plaisante histoire d'une des concubines de Sefi,
dernier roi de ce nom. C'était une très belle
personne, le roi l'aimait infiniment, cela l'a-
vait rendue fière, et lui faisait prendre la liberté
de parler quelquefois trop hardiment au roi.
Un jour Sefi, qui était cruel de son naturel,
se fâcha si furieusement contre elle, qu'il
voulut la faire mourir ; mais, la mort ne paraissant pas assez rude à sa colère, voici comme
il la punit. Il lui ôta ses femmes, ses eunuques,
et ses meubles, fit brûler tous ses habits et
piler ses pierreries et ses bijoux en un mortier,
dont il faisait jeter devant lui les morceaux
en un étang, et, pour comble de disgrâces,
il lui fit épouser un vilain nègre qui était un
de ses cuisiniers. La dame infortunée fut envoyée chez lui, avec une seule femme de
chambre qu'on lui laissa. La femme des

chambre, belle et majestueuse comme sa maîtresse, se mit au-devant d'elle quand le hideux mari en osa approcher, et, tirant un poignard, lui dit : *Chien de nègre, si tu la touches du doigt seulement, je te percerai de mille coups.* Le pauvre cuisinier se retira fort vite, et l'aventure ayant été rapportée au roi, l'action lui plut, il revint à lui, il maria la dame à un colonel, et lui envoya des habits et des meubles selon sa qualité.

Il arrive dans les mariages des petites gens quelque chose de fort contraire : car, si l'homme a été obligé de promettre un douaire qui excède son bien, pour faire consentir les parents de la femme, il ferme la porte du logis, lorsqu'on la lui amène, et dit qu'il n'en veut point à si haut prix. Il se fait alors un débat entre les parents des deux côtés, et ceux de la femme sont obligés de rabattre quelque chose, pour la lui faire prendre, parce que ce serait le dernier déshonneur pour eux, et pour elle de la ramener à la maison.

Il semble que cette façon d'épouser une

femme sans l'avoir vue auparavant, ne devrait
produire que des mariages malheureux, mais
cela n'est point. Et l'on peut dire en général
que les mariages sont plus heureux dans les
pays où l'on ne voit point les femmes, qu'en
ceux où elles sont vues et fréquentées. La
raison en est évidente. Quand on ne voit
point la femme d'autrui, on perd moins vite
l'amour qu'on porte ou qu'on doit porter à la
sienne. On ne peut pas dire pourtant que les
Persans se marient sans savoir du tout à qui ;
car la mère et les parents en font si souvent
et si nettement le portrait, qu'on peut suffi-
samment juger sur leur rapport si l'original
plaira ou si l'on pourra s'en accommoder. De
plus, on ne tient pas les filles enfermées,
même celles des grands seigneurs, qu'après
qu'elles ont passé sept ou huit ans. Elles pa-
raissent dans le logis jusqu'à cet âge. C'est afin
qu'elles se fassent à la vue du monde, et afin
que le monde les observe ; ainsi il arrive quelquefois qu'on a vu petite la femme qu'on
épouse. D'ailleurs la religion mahométane

tient le divorce pour licite, de quelque manière qu'il se fasse et pour quelque sujet que
ce soit. Il suffit qu'une des parties soit dé-
goûtée de l'autre et qu'elles se veuillent déma-
rier : fût-ce d'ailleurs les plus sages et les plus
honnêtes gens du monde, ils font divorce.

CHARDIN.

XI

ANECDOTES PLAISANTES

ET

MENUS PROPOS

~~~~~~

LES VESSES PARFUMÉES DE LA BELLE IMPÉRIA

E sieur de Lerne, gentilhomme fran-
çais, était couché avec une cour-
tisane à Rome. Elle, comme les
chastes courtisanes le savent pra-
tiquer, avait amassé de petites pellicules lé-
gères, comme celle des poules, fines et déli-
cates; et les avait remplies de vent musqué.
~~~~~~

selon l'artifice des parfumeurs. La belle Im-
péria, ayant quantité de telles ballottes, tenant
le gentilhomme entre ses bras, se laissait
aimer.

Pendant que ces deux amants temporels
pigeonnaient la mignotise d'amour, affilant le
bandage, la dame, détournant la main, mit
une petite vessie en état, et, d'un petit coup
de fesse, la fit éclater, de sorte que la petite
ballotte se résolut en la figure auditive d'un
pet. Le gentilhomme, l'ayant ouï, voulut re-
tirer son nez du lit, pour lui donner air.

— Ce n'est pas ce que vous pensez, dit-
elle ; il faut savoir, avant que de craindre.

A cette persuasion, il reçut une odeur agréable, et contraire à celle qu'il présumait. Ainsi,
il reçut ce parfum avec délectation. Ce qu'ayant
encore reçu d'abondant plusieurs fois, il s'en-
quit de la dame, si tels vents procédaient
d'elle, qui sentait si bon, vu celui qui glissait
des parties inférieures des dames françaises,
était assez puant et abominable : à quoi elle
répondit, avec un frétillement philosophique,

que le naturel du pays et de la nourriture
aromatique faisait que les dames italiennes, qui
usent des délices odoriférantes, en rendant la
quintescence par le c..., ainsi que par le bec
d'une cornue.

— Vraiment, répondit-il, nos dames ont
bien un autre naturel de pets.

Il advint qu'après quelques musquetades,
par circonstance de vent trop enfermé, Impé-
ria fit un pet, non seulement au naturel, mais
vrai et substantiel. Le Français, accoutumé par
le nez à la chasse des pets, oyant ce corps
sensuel, jeta en diligence le nez sous le drap,
afin d'appréhender la benoîte odeur, pour
laquelle envahir, il eût voulu être tout de nez;
mais il fut trompé, il en recueillit avec le nez,
plus que vous n'en feriez avec quatorze
pelles de bois, telles qu'on mesure le blé à
Orléans. Et quoi ? Une odeur plus infecte,
venue du plus fin endroit de l'établissement
de la m..., que vesse ne fut jamais si puante.

— O dame, dit-il, qu'avez-vous fait ?

Encore, en ouvrant la bouche, il y entra

une halenée humide, qui lui parfuma bren-
neusement le palais. Elle répondit :

— Seigneur, c'est une galantise, pour vous
remettre en goût de votre pays.

Béroalde de Verville.

*
* *

TRIOMPHE D'UNE BELLE ET HONNÊTE DAME.

Une femme mariée, belle et honnête et d'é-
toffe, s'abandonna à un honnête gentilhomme,
plus par jalousie qu'elle portait à une honnête dame que ce gentilhomme aimait et
entretenait, que par amour. C'est pourquoi,
pendant qu'il en jouissait, la dame lui dit :

— A cette heure, à mon grand contente-
ment, triomphé-je de vous et de l'amour que
portez à une telle.

Le gentilhomme lui répondit :

— Une personne abattue, subjuguée et
foulée, ne saurait bien triompher.

Elle prend pied à cette réponse, comme

touchant à son honneur, et lui réplique aussitôt :

— Vous avez raison.

Et tout à coup s'avise de désarçonner subitement son homme, et se dérober de dessous lui ; et changeant de forme, prestement et agilement monte sur lui et le met sous elle.

Jamais jadis chevalier ou gendarme romain ne fut si prompt et adroit de monter et remonter sur ses chevaux désultoires (1), comme fut, ce coup, cette dame avec son homme, et le manie de même en lui disant :

— A cette heure donc, puis-je bien dire qu'à bon escient je triomphe de vous, puisque je vous tiens abattu sous moi.

Brantôme

*
* *

RUSE D'UN PRÉDICATEUR

Un prédicateur prêchant le jour de la Ma-

(1) Un cheval désultoire est un cheval de main sur lequel on saute pour prendre terre.

deleine, après avoir parlé des mondanités de
cette créature et exagéré sa conversion, dit :

Or çà, Mesdames, il y en a plusieurs d'entre
vous qui viennent ici par divertissement, plutôt
que par dévotion, et de toutes les femmes qui
sont ici devant moi, je ne sais pas seulement
s'il y en a une qui voulût imiter la Madeleine
en sa pénitence. Que dis-je ? qui la voulût
imiter ! mais qui eût le moindre sentiment de
ses péchés. Je ne parle pas de vous toutes,
Mesdames, mais je sais qu'il y en a une entre
vous autres qui est indigne de venir en la
compagnie de tant d'honnêtes femmes, comme
je ne doute point qu'il n'y en ait beaucoup
parmi vous autres ; c'est la plus lubrique et
la plus effrontée femme qu'il y ait au monde :
il y a longtemps que, tous les ans, elle pro-
met à son confesseur de vivre en femme de
bien, et d'oublier sa vie passée, et cependant
elle n'en fait rien. Puisque son péché ne lui
fait point de honte, il faut que le monde lui
en fasse, et que publiquement je déclare son
infamie, et que je la nomme tout haut. Oui,

je veux la nommer, Messieurs ! Sachez que
c'est... La nommerai-je ?.... Non, j'aurais
honte de proférer ce nom-là, tant il est in-
fâme ; mais je veux pourtant que vous la con-
naissiez. La voilà devant moi, je la vois bien,
qui fait la sucrée, mais je m'en vais jeter
mes Heures sur sa tête. Remarquez bien où
elles donneront.

Là-dessus, il lève le bras, et, faisant semblant de vouloir jeter ses Heures, toutes les
femmes qui étaient devant lui baissèrent la
tête. Sur quoi le Prédicateur s'écria :

— Ah ! Messieurs, tout de bon, je pensais
qu'il n'y en eût qu'une, mais il y en a bien
davantage !

Ce qui rendit les femmes honteuses, et
donna manière de rire aux hommes.

Le Métel d'Ouville.

VENTOSITÉ.

Un homme était si libre de ses actions que, s'il lui venait envie de venter, il ne s'arrêtait devant personne. Advint un jour que, se trouvant proche d'un gentilhomme, lâcha un vent si fort que le gentilhomme, se tournant vers lui, lui dit :

— Il faut dessangler la bête qu'elle ne crève.

— Sachez, Monsieur, repartit le maître canonnier, que, pour avoir autrefois retenu de semblables ventosités, cela a causé ma ruine.

— Et par quel moyen? répartit le gentilhomme.

— J'eus une fois, dit l'autre, pour les vouloir retenir, une telle colique que, pour me guérir, il me fallut vendre une belle maison que j'avais à la ville et une grange aux champs pour me soulager et payer apothicaires et médecins. Dès lors, je fis serment de ne les plus retenir, et j'en lâche autant qu'il en vient. Mais vous, Monsieur, dites-moi, les retenez-vous quand elles veulent sortir?

— Oui, dit le gentilhomme.

Alors, cet arbalestier lâcha un vent plus fort que tous les autres, en disant :

— Retenez donc celui-là.

Ce qu'ayant dit, de crainte qu'il ne fût fête en la paroisse et que l'on n'y carillonnât, il tourna les talons.

LOUIS GARON.

HISTOIRE DE QUARANTE ÉCUS

Une jeune femme trouva, la première nuit de ses noces, tel goût au déduit, qu'elle obligea son mari à y mettre toutes ses forces. Au bout de huit à dix jours, la femme se plaignit qu'il n'était plus comme au commencement ; mais il lui dit :

— Comment, ma mie, pensez-vous que les choses pussent toujours durer? Ne voyez-

vous pas que le hoyau de notre jardinier,
encore qu’il soit de fer, avec le temps s’use et
que de fois à l’autre, il le faut refaire? Je vous
laisse à penser si ceci, qui n’est pas de fer,
peut résister sans aller à l’ouvrier. Si votre
père m’eût baillé l’argent de notre mariage,
j’aurais eu de quoi faire la réparation.

La femme, qui était simple, le crut, et
demanda s’il fallait beaucoup d’argent pour
cela.

— Oui vraiment, ma mie, car on ne trouve
pas quantité d’ouvriers experts en cela, et les
habiles se font bien payer.

— J’ai, dit la femme, environ quarante écus
en or, qu’il y a longtemps que je garde et
que j’avais durant que j’étais fille. J’aime
mieux, si cela suffit, vous les donner pour
cela.

Le mari, qui ne demandait pas mieux que
d’aller se promener quelques jours pour re-
prendre haleine, dit qu’il croyait que cela était
plus que suffisant. Il prend cet argent et va se
promener douze ou quinze jours à la cam-

pagne, faisant grande chère aux dépens de sa femme.

Quand il fut bien refait, il revint : sa femme connut bien qu'il était en meilleur état, et lui demanda combien il en avait coûté.

— Comment! dit-il, combien il a coûté? L'ouvrier ayant vu cela dont je m'étais servi en l'état où il était, m'a dit qu'il était tellement usé qu'on n'en pourrait jamais rien faire qui vaille, de sorte qu'il m'en a fallu acheter un tout neuf, qui me coûte bien de l'argent. Je lui ai baillé quarante écus et il m'a fait crédit du reste.

— Et qu'avez-vous fait du vieux? dit la femme.

— Qu'en eussé-je fait? Je l'ai laissé là.

— Vraiment, mon ami, lui dit-elle, puisque cela est si cher, vous devriez l'avoir rapporté ; il eût encore bien servi.

UN CONTEUR ANONYME DU XVIIe SIÈCLE.

LES ÉCOLIERS DE BOURGES

Monsieur Cujas avait une fille assez jolie, fort coquette, et qui ne haïssait pas les hommes. Dieu sait si les écoliers quittaient volontiers les leçons du père pour aller cajoler la fille ! Ils appelaient cela *commenter les œuvres de Cujas.*

GILLES MÉNAGE.

*\
* *

COMMENT LE GRAND CHIEN CHASSA LE PETIT

Une dame d'Orléans, gentille et honnête, encore qu'elle fût médisante, femme d'un marchand de draps, après avoir été assez longuement poursuivie d'un écolier, beau jeune homme et qui dansait de bonne grâce, car il y avait de ce temps là danseurs d'Orléans, flûteurs de Poitiers, braves d'Avignon, étudiants de Toulouse. Cet écolier était nommé

Clairet, auquel la femme se laissa gagner,
comme pitoyable et humaine qu'elle était, et
le mit en possession du bien amoureux, duquel il jouissait assez paisiblement, au moyen
des avertissements, propos et messages qu'ils
s'entre-faisaient. Ils avaient de petites intelli-
gences ensemble qui étaient jolies, desquelles
ils usaient par ordre, des unes et puis des
autres; entre lesquelles l'une était que Clairet
venait sur les dix heures, de nuit, à la porte
d'elle, et jappait comme un petit chien. A
quoi la chambrière était faite, qui lui ouvrait
incontinent la porte sans chandelle et sans lan-
terne, et se faisait tout le mystère sans parler.

Il y avait un autre écolier, logé tout auprès
de la jeune dame, qui en était fort amoureux,
et eût bien voulu être en part avec Clairet;
mais il n'en pouvait venir à bout, ou fût qu'il
n'était pas au gré d'elle, ou fût qu'il ne savait
pas s'y gouverner, ou, qui est mieux à croire,
que les dames, qui sont un peu fines, ne se
donnent pas volontiers à leurs voisins, de
peur d'être trop tôt découvertes. Toutefois

étant bien averti que Clairet avait entrée, et
l'ayant vu aller et venir ses tours, et entre
autres l'ayant ouï japper et vu comme on lui
ouvrait la porte, que fit-il ? L'une des fois que
le mari était dehors, après s'être bien assuré
de l'heure que Clairet y entrait, il se pensa
qu'il avait bonne voix pour faire le petit chien
comme Clairet, et qu'il ne tiendrait à aboyer
pour que la proie se prit.

Donc, il s'en vint un peu avant les dix
heures, et fit le petit chien à la porte de la
dame : *Hap! Hap!* La portière, qui l'entendit,
lui vint incontinent ouvrir : dont il fut fort
joyeux, et, sachant bien les êtres de la maison,
ne faillit point à s'aller mettre tout droit au
lit, auprès de la jeune dame, qui croyait que
ce fût Clairet; et pensez qu'il ne perdit pas
temps auprès elle.

Tandis qu'il jouait ses jeux, voici Clairet
venir selon sa coutume, et se mit à faire à la
porte : *Hap! Hap!* Mais on ne lui ouvrit pas,
bien que la dame en eût bien entendu quelque
chose; mais elle ne pensait jamais que fût lui.

Il jappe encore une fois: dont la dame commença à soupçonner je ne sais quoi, et mêmement parce que celui qui était avec elle lui semblait avoir une autre grise et un autre maniement que non pas Clairet. Et pour cela, elle se voulut lever pour appeler sa chambrière et savoir ce que c'était. Quoi voyant l'écolier, et voulant avoir cette nuit franche où il se trouvait si bien, se lève incontinent du lit, et, se mettant à la fenêtre, ainsi que Clairet faisait encore: *Hap! Hap!*, lui va répondre par un aboi de ces chiens de village: *Hop! bop! bop!*

Quand Clairet entendit cette voix:

— Ah! ah!, dit-il, par le corbleu! c'est la raison que le grand chien chasse le petit. Adieu, adieu, bonsoir et bonne nuit!

Et s'en va. L'autre écolier se retourne coucher, et apaisa le mieux qu'il put la dame à laquelle force fut de prendre patience; et depuis, il trouva façon de s'accorder avec le petit chien, qu'ils iraient chasser chacun en leur tour, comme bons amis et compagnons.

BONAVENTURE DESPÉRIERS.

TABLE

[cachet de bibliothèque]

EN VENTE CHEZ TOUS LES LIBRAIRES

LES

Joyeuses Histoires

DE NOS PÈRES

Jolis volumes in-18, illustrés par KAUFFMANN

Paraissant tous les mois

Les Joyeuses Histoires de nos Pères seront le livre de chevet de tous les joyeux compagnons, ou simplement des amateurs de littérature qui se plaisent à relire de temps à autre quelques-unes de ces fins morceaux dont nos aïeux ont ri si souvent à gorge déployée. Louis XI, Rabelais, la reine de Navarre, Noël du Fail, Béroalde de Verville, Guillaume Bouchet, Bonaventure Despériers, Le Métel d'Ouville, Sorel, Scarron, Furetière, Dassoucy, Bussy-Rabutin, Perrault, Hamilton, Voltaire, Voisenon, Diderot, Crébillon fils; voilà les principaux noms dont seront signées les Joyeuses Histoires de nos Pères.

PRIX DE CHAQUE VOLUME : 2 FR.

9697. — Imprimerie A. Lahure, rue de Fleurus, 9, à Paris.